POÈME

SUR

LE CHOLÉRA-MORBUS,

SES PROGRÈS,

DEPUIS LES INDES JUSQU'A PARIS,

AU FORT DE SON INTENSITÉ.

PAR J.-C. AMY.

PARIS,

CHEZ HIS, LIBRAIRE,

RUE DE LA HARPE, Nº 119,

ET CHEZ LES MARCHANDS DE NOUVEAUTÉS.

1832.

Le traducteur se propose de publier tous les Actes officiels et Discours parlementaires du Gouvernement anglais qui seraient la suite et le développement du nouveau système exposé dans cette première publication.

SOUS PRESSE.

Cinq Discours prononcés dans les deux Chambres législatives françaises, par divers membres du ministère et de l'administration, pendant la session de 1825, précédés du Discours de S. M. Charles X pour l'ouverture de la session.

1° Discours de M. de Martignac, contenant les motifs en faveur d'une indemnité d'*un milliard* à répartir entre les émigrés.

2° Discours de M. de Peyronnet, contenant les motifs en faveur d'une loi contre le sacrilège.

3° Discours de M. Fressinous, contenant les motifs en faveur d'une loi sur les communautés religieuses de femmes.

4° Discours de M. de S.-Cricq, contenant les motifs en faveur d'un projet de loi sur les douanes.

5° Discours de M. de Villèle, contenant les motifs en faveur d'un projet de loi sur la réduction de la rente.

POÊME

SUR

LE CHOLÉRA-MORBUS.

Imprimerie de David,

BOULEVART POISSONNIÈRE, N° 4 BIS.

POÈME

SUR

LE CHOLÉRA-MORBUS,

SES PROGRÈS,

DEPUIS LES INDES JUSQU'A PARIS,

AU FORT DE SON INTENSITÉ.

PAR J.-C. AMY.

Prix : 1 franc.

PARIS,

CHEZ HIS, LIBRAIRE,

RUE DE LA HARPE, N° 119,

ET CHEZ LES MARCHANDS DE NOUVEAUTÉS.

1832.

NOTICE

SUR

LA MARCHE ET LES PRINCIPAUX RAVAGES

DU

CHOLÉRA - MORBUS.

L'origine de cette maladie étant très-reculée, beaucoup de savans docteurs ignorent l'époque de sa première apparition. On croit qu'après avoir pris naissance dans l'Inde, elle a pénétré dans l'Asie ; et, s'élançant de là, elle parcourera peut-être tous les points du globe ; elle paraît emprunter des climats ses principales variations.

Le Choléra d'Europe, que l'on prend souvent pour le Choléra de l'Inde, règne dans nos contrées depuis bien long-temps. Cette maladie, de loin en loin, frappait quelques victimes ; mais elle n'avait jamais présenté les mêmes caractères que le fléau qui nous épouvante aujourd'hui.

Le Choléra a peut-être toujours existé : dans l'Inde, il y a exercé des ravages considérables à différentes époques, principalement vers la fin du siècle dernier. Au mois d'Août 1817, il s'annonça avec une intensité encore sans exemple : il éclata à Jissore, au nord de Calcutta, et, dans quinze jours, il franchit la distance qui sépare ces deux villes, renversant sur son chemin presque tous les habitans des villages qu'il traversait. A la fin d'Août, la population indigène de Calcutta en fut attaquée ; il ne frappa les Européens que dans le mois de décembre.

En 1818, du mois de janvier au mois de mai, il prit une telle extension, qu'il traversa tout le Bengale, de l'embouchure du Gange jusqu'à l'endroit de sa jonction avec le Jumna ; abandonnant alors le Bengale, il se retira sur le bord occidental du Gange et du Jumna, parut à Bénarès avec une telle force qu'il moissonna en six semaines, 45,000 personnes : à Alla-Haba, il en mourait cinquante par jours. L'épidémie se propageant sur les deux rives du fleuve, y fit des dégâts considérables : trente mille personnes furent emportées en un mois dans les environs de Gorriat-Port. Au 7 septembre, le Choléra attaqua 'l'armé anglaise aux ordres du marquis d'Hastings ; sur 18,000 hommes, 9,000 cessèrent de vivre en dix jours ; le camp ne fut bientôt qu'un vaste hôpital. Si le Choléra ne se fût promptement arrêté, il aurait détruit toute l'armée. Le genéral leva son camp, et dissémina les tristes restes de son armée sur des terrains arides et élevés, où le fléau s'appaisa bientôt. Alors le Choléra se transporta sur le Décan, faisant à-peuprès cinq lieues par jour, et s'arrêtant, dans ses divers séjours, l'espace de trois à six semaines.

Dans ce trajet funèbre, il s'arrête à Hussegnabad, où la mortalité fut affreuse ; de là, suivant les rivages du Narbuddalh au Tanoch, il franchit Aurangobad, Ahmednuggar et Paondah ; se dirigeant sur des côtes, il arrive à Bombay, ayant, en quinze mois, envahi toute la Péninsule, depuis Calcutta. Après avoir ravagé l'intérieur de l'Indoustan, le Choléra se transporta sur la côte occidentale, et fut attaquer Madras le 8 octobre; là, il fit aussi des progrès terribles; on eut la conviction de la communication par mer, attendu qu'il avait passé à Ceylan et à Candie, capitale de l'Ile, en décembre 1818, avec une violence encore plus grande que partout ailleurs.

La frégate *la Topèze*, venant de Ceylan à l'Ile-de-France, y porta la maladie, le 15 septembre 1819; lors de son départ, l'équipage de ce bâtiment était en bonne santé; mais, pendant le trajet, le Choléra parut spontanément. Il périssait, au Port-Louis, 60 personnes par jour; mais par de grandes précautions, la maladie ne s'étendit pas plus loin.

Dans les derniers mois de 1819, le Choléra, suivant sa route au sud et à l'est, envahit la Péninsule Indo-Chinoise. Ce fut dans le royaume de Siam qu'il fit ses plus grands ravages; Bancock seule perdit 40,000 de ses habitans.

La contagion marcha vers Malacca et Singapore; elle apparut sur la côte septentrionale de Java, dans le mois de mai, et ravagea avec fureur toute l'étendue de l'île.

Le Tankin et la Cochinchine furent attaqués en 1820. En novembre de la même année, le Choléra pénétra dans la Chine par le port de Canton, atteignit Pékin en 1821. Dans le courant de cette même année et la suivante, la mortalité fut considérable : les voyageurs à pied et à cheval tombaient sur les routes, et, en peu de temps, étaient emportés par la contagion.

Le commerce de Bombay et de Mascatte avec l'Arabie y importa la maladie au mois de juillet 1821 ; Mascatte avait perdu 60,000 hommes qui succombaient dix minutes après l'invasion du mal. Il se répandit dans le golfe Persique, Bahrem, Buskeer et Bassora ; dans cette dernière ville, il mourut 19,000 habitans, dont 15,000 en quinze jours.

Du golfe Persique, le Choléra-Morbus s'avança dans les terres sur deux directions ; suivant les chemins des caravanes ; la première suivit l'Euphrate, traversa la Mésopotamie, pénétra en Syrie, suivit le Tigre de Bassora à Baydac ; l'autre se dirigea sur la Perse. A Chiraz, dont la population est de 40,000 âmes, il en mourut 6,000 dans les premiers jours ; Spahan perdit 7,000 de ses habitans. Pendant l'hiver, le Choléra parut assoupi dans la Perse et la Syrie ; mais au printems de 1822, il reparut avec une nouvelle intensité.

En 1823, Diarbeck et Antioche furent infectés, et le Choléra porta ses ravages sur les rives asiatiques de la Méditérannée ; il se propageait en même temps sur le point opposé à Baska sur la Caspienne : dans le mois de septembre, la ville russe d'Astracan reçut ce fléau ; du 23 septembre au 9 octobre, il périt 150 malades, à-peu-près

les trois-quarts de ceux qui avaient été attaqués.

L'Europe fut préservée du danger par l'affai-
blissement de cette rapide épidémie, qui fut ar-
rêtée par l'hiver. Mais elle reparut de nouveau
avec la même force dans quelques lieux qu'elle
avait déjà parcourus, preuve que le grand froid
est en général un obstacle à l'influence de la
contagion sur le corps humain, mais qu'il ne
peut en détruire entièrement les miasmes.

Le Choléra, en 1822, reparut à Java, et y fit
périr 100,000 personnes. En 1823, il se mani-
festa à Ambayne. Jamais cette maladie n'avait
existée aux Moluques : elle atteignit Timor, et
poursuivit encore sa route fatale vers la Chine;
elle pénétra dans la Mongolie, et parut aux
frontières de la Sibérie. A la fin de 1826, un
grand vent du nord en arrêta heureusement la
course. En 1827, la Perse subit plusieurs fois le
retour du Choléra. En novembre 1829, il y fit des
ravages; mais l'arrivée des frimats en suspendit

les progrès. Il reparut en juin 1830 dans les pro-
vinces de Manjauderau et de Schirwan; de Schirwan, il fut à Tauris, où il enleva 6,000 personnes.

Ayant franchi les frontières russes, il pénétra
dans l'intérieur; dans les deux premières pro-
vinces, il attaqua 5,000 individus, dont un tiers
succomba. Le 8 août il pénétra à Tiflis; la mortalité et quelques émigrations réduisirent à
8,000 âmes la population, qui était de 30,000.
Les habitans, dans leurs frayeurs, eurent recours
à des cérémonies et des processions religieuses,
lesquelles, en réunissant la foule dans le même
endroit, ne firent que faciliter les progrès de
la maladie. Au 1er juillet, dans le même temps,
l'infortunée ville d'Astracan était de nouveau
en proie à l'épidémie, qui fut plus terrible que
la première fois. Les désastres qu'elle exerçait
sur une grande partie de la Russie, attirèrent
l'attention des médecins d'Europe et les alarmes
de toutes les classes de la société. Le Choléra
arriva au centre de l'empire en suivant les bords

du Volga. La mortalité fut épouvantable parmi les Cosaques du Don ; les principales villes jusqu'à Moscou, en furent alternativement frappés. Déjà Nischin, Novogorod et Javatoff infectés, menaçaient l'ancienne capitale des Czars : l'air était rempli d'innombrables essaims de mouches verdâtres, que l'on appelle en Asie mouches de la peste.

Le Choléra fut officiellement déclaré le 27 septembre : il avait mis trois mois à parcourir une distance de 300 lieues, d'Astracan à Moscou ; le 15 novembre, il y avait eu 5,507 malades, dont 2,900, plus de moitié, avaient succombé.

En ce même temps la Pologne se souleva et la Russie vit le Choléra se manifester dans le cœur de l'empire ; il suivit les mouvemens de Diébitsch, de Moscou à Varsovie, gagnant la Baltique, suivant le cours de la Dwina, il pénétra à Rodom, Biala et Lecryea.

En résumant ce que nous venons de dire, on peut établir les limites géographiques de l'invasion du Choléra dans ses différentes directions : du Bengale, où il avait commencé, il s'est étendu vers le sud de l'Ile de France, et à celle de Timor, près de la Nouvelle-Hollande; vers l'orient à Kuku-Choton, ville russe à l'est de Pékin; vers le nord, aux confins de la Sibérie et à Astracan; enfin, vers l'ouest, à Moscou : occupant ainsi une portion du globe comprise entre 70 degrés de latitude ou 7,000 degrés carrés, produisant plus de 4,000,000 de lieues carrés, tout compris, terre et eau. De Moscou et Varsovie le fléau s'est encore étendu vers nos contrées populeuses, où ses ravages seraient encore plus à craindre.

La Hongrie, l'Autriche et la Prusse ont subi son invasion.

Le Choléra attaque tous les âges, toutes les classes et même tous les tempéramens.

LE

CHOLÉRA-MORBUS.

Poème.

Géant dévastateur, en tous lieux invisible,

D'un souffle empoisonné tu te rends invincible;

Ennemi des mortels, puissant et redouté,

Portant tes coups dans l'ombre avec impunité,

Lâche autant que cruel, ton instinct homicide .

Imprime sur nos fronts une pâleur livide ;

Arrête ton courroux, l'effroi de l'Univers,

Attaquer des Français sans craindre des revers !

Ton ardeur pour la mort est-elle insatiable ?

Ta fureur infernale est-elle impérissable ?

Ton poignard vénéneux ne peut-il s'émousser,

Et ton bras foudroyant ne jamais se lasser ?

Cinquante millions d'innocentes victimes,

En moins de quatorze ans, sont tes exploits sublimes ;

De ton être effrayant, l'Inde a vu le berceau ;

Du monde tout entier serais-tu le bourreau ?

De climats en climats, ta course vagabonde

Laisse, de tes horreurs, une trace profonde ;

Parcourant moins souvent les éclatans palais

Où règnent l'abondance et trop peu de bienfaits,

Que les tristes réduits des plus humbles chaumières,

Des pays les plus loins, tu franchis les frontières ;

Rien ne peut t'arrêter en respectant les rois,

Pour leurs peuples vengeurs, te font-ils passe-droits ?

D'eux seuls es-tu connu ? quand s'élève un orage,

Iraient-ils t'implorer au nom de l'esclavage ?

Leurs sujets en courroux, las de l'oppression,

Sont-ils abandonnés à ta discrétion ?

Non, jamais la Pologne et la gloire de France

Ne furent des motifs d'une telle vengeance !

Le Bill des fiers Anglais, ni les peuples du Rhin,

N'ont jamais mérité ton barbare venin.

La sainte Liberté, des murs de Varsovie,

De Vilna, de Zamosk, au gré de ton envie,

A ton char enchaînée, a fui ce sol fameux ;

Le canon de Praga dans ces temps malheureux,

T'effraya sans retour en bravant ta colère :

La ville des héros vit tomber son tonnerre.

Aux accens de ta voix, des esclaves du Don

Enchaînent ce pays tombé dans l'abandon !

La foudre varsovienne, en trois jours mémorables,

Soutint l'assaut sanglant des Scythes exécrables ;

Fuyant son atmosphère à ses effets tonnans,

Tu quittas ses remparts pour d'autres continens ;

Au fort de ses volcans, son salpêtre héroïque

Repoussa les poisons de ton souffle électrique.

Sa victoire sur toi ne fait point son bonheur,

Elle t'aurait souffert plutôt que son vainqueur ;

Le joug du cruel Czar sur cette noble terre,

Développe en tous lieux les lois de l'arbitraire :

(18)

Aux jours de tes fureurs, en ce pays van.

Les héros Polonais trouvaient la Liberté!

L'idole des grands cœurs, soutenant leur courage

Les fit vaincre long-temps dans plus d'un grand carnage

Ils savaient, à sa voix, battre leurs ennemis,

Tant que dans les combats ils furent bien unis

Leurs despotes voisins, aimant la Monarchie

Et rampant sous ses lois, livrèrent leur patrie!

Polonais malheureux; les Prussiens altiers,

Pour vos affreux bourreaux furent hospitaliers!

En leur neutralité, désarmant vos phalanges,

Le colosse du Nord leur donna des louanges.

L'ordre est dans Varsovie, osait dire un Français,

Quand, dans des flots de sang, tombaient vos beaux succès!

Polonais révérés, que notre France admire,

Revenez dans les bras de qui sut vous sourire;

O nobles compagnons de nos jours si fameux!

Pour qui nos gouvernans se disent généreux,

Il n'est que trop connu l'ukase despotique,

Pour vous, ils sont muets et restent sans réplique.

Frères de nos travaux , trop malheureux guerriers ,

O nobles exilés ! venez sous nos lauriers !

Mais vous allez revoir sur le sol de la gloire

Ce fantôme empesté d'une affreuse mémoire ;

Vous reconnaîtra-t-il à l'ombre de nos lois ,

Sans respecter, hélas! vos illustres exploits ?

Des bords de la Vistule aux rives de la Seine ,

Il est venu vomir son effroyable haleine !

Quel pouvoir inconnu dirige son ressort ,

Que veut aux libéraux cet agent de la mort ?

Les dieux tant révérés., n'aimant point le parjure ,

Voudraient-ils contempler le deuil de la nature ?

Qu'ont-ils faits ces mortels de nos plus beaux climats ?

Pour subir , par milliers , les horreurs du trépas ?

En demandant nos droits par des lois naturelles ,

Eh ! serait-ce encourir des peines éternelles ?

Non , non , tels ne sont point ces motifs inconnus ,

De tous les dieux clémens nous sommes les élus ;

Mais, pour guérir nos maux, que fait donc leur puissance ?

Pour venir nous sauver sont-ils en conférence ?

Font-ils un protocole au seigneur Choléra ?

Qui peut savoir, enfin, s'il le ratifiera ?

Et si, tel que Guillaume, en son malin délire,

Il ne veut, à tout prix, agrandir son empire ?

Braver tous les pouvoirs en défiant les rois,

Et tracer des confins de son unique choix ?

Diplomates fameux, agens de cour céleste,

Voulez-vous la misère et l'horreur de la peste ?

Prompts à délibérer, en vos réunions,

Venez mieux secourir les grandes nations.

Jamais vit-on trembler les enfans de Lutèce ?

N'ont-ils pas renversé redoute et forteresse ?

Aujourd'hui cependant, pour la première fois,

Ils sont plus effrayés que du courroux des Rois ;

Au simple choléra, cette hydre téméraire,

Ils préfèrent cent fois le fléau de la guerre ;

Cinq cent mille guerriers les feraient moins pâlir

Que l'ennemi nouveau qui vient les réfroidir !

Les cœurs de nos héros, respectés des mitrailles,

Qui brillèrent cent fois dans nos grandes batailles,

Sont, par ce monstre affreux, jetés dans les tombeaux :

Ne pourrons-nous donc plus soutenir nos drapeaux ?

Rien ne peut arrêter ce vampire exécrable,

Aux plus grands résolus il devient redoutable :

En moins d'un quart de jour, ses rapides progrès

Renversent pour toujours les plus braves Français !

Le deuil est dans les cœurs, l'alarme est générale,

On craint de respirer l'air de la capitale :

La mort, l'affreuse mort se rencontre partout,

Au retour du soleil serai-je encore debout ?

Les pairs, les députés, comme les mercenaires,

Et les preux de Coblentz, et les mous doctrinaires

Ne peuvent surmonter le plus sinistre effroi !

Du terrible ennemi chacun subit la loi !

Le voyageur tremblant, sans voir notre colonne,

Fuit notre Panthéon, la prudence l'ordonne.

L'éclat du Carrousel et du Palais-Royal,

Aux grands admirateurs va devenir fatal ;

Au lieu d'y contempler la splendeur de la gloire,

On y verra bientôt fléchir notre victoire !

De son arc triomphal le char a disparu.

Le peuple souverain serait-il donc perdu ?

Mais le Roi des Français, du haut des Tuileries,

Sait respecter nos droits et les douze mairies,

Et, mieux que Charles-Neuf, placé sur son balcon,

Il saura saluer la grande nation :

Les chars des tapissiers, en roulant à sa vue,

Trop souvent, dans le jour, rendent son âme émue;

Là, sous le drap fatal, sont des morts entassés.

Leurs petits orphelins seraient-ils délaissés ?

Il nous reste aujourd'hui des mortels magnanimes :

Philippe ne rit point de voir tant de victimes.

Tel que ce souverain, ce monstre sans honneur,

De ce même palais, commandant la terreur,

Au nom du haut clergé, pour la gloire divine,

Faisait feu sur son peuple avec sa carabine !

Le bonheur populaire est pour lui précieux,

D'un cœur trop libéral fâcherait-il les dieux ?

Ses dons multipliés, exempts de calomnie,

Ne sont point les effets de vile hypocrisie,

On ne saurait y croire en ces affreux momens,

Où, pour l'humanité, brillent les sentimens.

Si c'était moins le cœur que trop de politique,

Il tomberait bientôt dans la haine publique.

Manque-t-il de franchise, est-il sans dignité ?

Ne saura-t-il sauver la jeune liberté ?

Qu'il serait révéré, si, cherchant notre gloire,

Il ne redoutait pas l'élan de la victoire.

Bravant le Choléra, bravant les souverains,

Il coulerait long-temps des jours purs et sereins :

Notre prospérité, loin de l'inquiétude,

Reprendrait, tout-à-coup, sa brillante attitude :

Les coups du Choléra parmi les malheureux,

Exerceraient bien moins leurs ravages affreux ;

Le pays fleurirait au sein de l'abondance,

Et le bonheur partout, règnerait dans la France !

Mais, sommes-nous bien loin de ces jours fortunés ?

A l'indigent besoin sommes-nous condamnés ?

Quel état malheureux ! quelle affreuse détresse !

Du mécontentement redoutons la rudesse.

Ah ! craignons les effets d'une paix à tout prix ;

La guerre libérale est l'ancre du pays !..

Le monstre dévorant, augmentant nos souffrances,

Est donc venu creuser le gouffre des finances !

D'un pouvoir foudroyant, ses effrayans progrès,

Sur les plus malheureux font tomber ses excès !

Émule des poisons, il poursuit son ravage,

De leur affreux effets, on dit, c'est-là l'ouvrage ;

Nous avons à Paris dix mille empoisonneurs,

Sachons les découvrir au sein de nos frayeurs,

Disait un magistrat dans toute sa colère ;

Accourons dissiper l'alarme populaire ;

Nous saurons découvrir cet embrigadement,

Et sauver en tous lieux notre gouvernement ;

Nos braves assommeurs fixèrent la victoire :

Vouloir empoisonner, ah ! quelle triste gloire !

Au fort de leur complot allons les arrêter,

Des Argus tels que nous savent tout surmonter !

Le peuple redoutable, en sa morne attitude,

Prit ces simples soupçons pour une certitude ;

A ce cruel motif il ajouta trop foi,

De la force brutale il déploya la loi.

O Français tant vantés, que l'Univers admire!

Vous venez d'entacher votre fameux empire.

En vos cœurs la vengeance allumant sa fureur,

Vous lança tout-à-coup où gît le déshonneur;

Mais ce parti fut pris, et sans nul commentaire :

O peuple des trois jours, tu devins sanguinaire !

Malheur à qui viendra trop souvent t'irriter;

Tes maux, par la fureur, te feront redouter ;

Plus tu fus généreux dans ta grande victoire,

Plus tu seras cruel si l'on brave sa gloire;

Ainsi, dans ton courroux, posté de tout côté,

Tu viens de faire voir trop de férocité !

Au trajet étonnant de notre épidémie,

Tu crus que des partis en voulaient à ta vie;

Que dans Paris vengeur, des affreux scélérats

Voulaient, par le poison, t'envoyer au trépas;

Recherchant ces brigands sans aucunes mesures,

Tu crus les découvrir sous de faibles figures;

En ton sanglant courroux, trop prompt à les choisir,

Tes lauriers de juillet sont venus se flétrir.

Dans le vaillant faubourg, les soutiens de la gloire,

Sur deux infortunés ont terni leur mémoire :

Quel moment de délire, en ce jour trop fatal,

A noirci dans Paris l'honneur national !

Désignés au public, ils subirent sa rage,

Rien ne put conjurer cet effrayant orage;

Sans la garde civique, avec ses bataillons,

Nous eussions revu d'impunis Trestaillons;

En ce jour de terreur, qui n'aurait pû le croire?

Que peut dans tel moment le talent oratoire ?

Oui, traînés dans la boue et toujours fustigés,

Devers l'Hôtel-de-Ville ils furent dirigés.

Là, des scènes d'horreur vinrent briser nos âmes,

Nous crûmes que c'était la fureur des gendarmes :

Le sang de l'innocent rejaillit sur vos fronts.

La discorde, en ces lieux, agitant ses brandons,

Excitait, de sa voix, le peuple à la vengeance,

Disait aux citoyens : montrez votre puissance!

En des temps opportuns vous serez outragés,

Par des moyens affreux vous serez corrigés;

Voyez cette tendance à tarir vos ressources,

Et pour vous apauvrir serrer toutes les bourses,

Alarmer votre gloire et votre liberté,

Préférer l'indigence à la prospérité,

Laisser humilier l'étendart tricolore!...

Hélas! on ne craint pas de l'avilir encore.

Lui, qui pouvait flotter sur les rives du Gange!

A celui des chouans servirait-il d'échange?

N'êtes-vous plus Français, citoyens de Paris,

Frappez, frappez partout vos cruels ennemis;

Il est temps d'en finir; peuple des barricades,

Vous connaissez le gloire à force d'escalades...

Oui, l'affreuse déesse, à ce peuple en courroux,

Par ses cris infernaux fit redoubler ses coups :

Un des deux innocens, arraché par sa rage,

Vit de ses protecteurs avorter le courage;

Massacré sans pitié dans cet égarement,

On le foulait aux pieds sans aucun sentiment.

D'une insigne fureur, du haut du pont d'Arcole,

Sans songer au talent de nul beau protocole,

Il fut jeté dans l'eau, dont les flots étonnés,

Reculèrent d'effroi devant ces forcenés!

En ce moment fatal, la rage populaire

Avec du sang français osait rougir la terre!

A la halle insolente, au quartier Saint-Denis,

On poignardait, hélas! des citoyens soumis.

Jeune homme malheureux, digne de notre empire,

Tu tombas sous les coups du plus cruel délire,

Commis du ministère, au loin de tes bureaux,

En cherchant ton chemin tu trouvas des bourreaux!

Ton père t'attendit et ta sensible mère,

Faisant, pour ton bonheur, une douce chimère,

Ton couvert fut vacant; on fit triste repas:

Ta mère, à tout moment, disait: il ne vient pas!

J'éprouve, en son absence, un présage pénible,

Je ne puis maîtriser une crainte terrible!...

O mère infortunée! il ne voit plus le jour,

Ce gage tant chéri de ton premier amour!

Ce fils reconnaissant de tes tendres caresses,

Qui, pour combler tes vœux, n'eut jamais de bassesses,

Il a cessé de vivre en soupirant pour toi,

Du plus cruel destin il a subi la loi ;

Pour son père et sa mère, au sein de ses alarmes,

Il laissa ruisseler de filiales larmes.

Pleurez, tendres parens ; pleurez, nobles amis,

Car il ne verra plus et vos jeux et vos ris.

Des coups des citoyens, qu'une mort est terrible,

Quand on est innocent d'un soupçon trop horrible.

Du Choléra-Morbus, ah ! quel triste tableau !

Je ne vois, en tous lieux, que l'effroi des tombeaux,

Que le deuil permanant, que de noires tentures,

Du fléau destructeur les sinistres injures !

De funèbres convois, de nombreux corbillards,

Ont encombré la ville au vote des milliards.

A défaut de voitures, on porte les victimes :

Les malheureux, partout, trouvent des cœurs sublimes.

Ah ! quel triste spectacle ! auprès de nos palais !

Pour arrêter du mal les funestes progrès,

On y voit chaque soir la lampe sépulcrale

Indiquer les secours de notre capitale ;

En ces lieux révérés que de beaux sentimens !

Le pauvre y va chercher de prompts soulagemens ;

On l'accueille, on l'écoute avec complaisauce,

A toute heure il reçoit la douce bienfaisance !

On se presse, on accourt à son humble logis

Sauver sa tendre épouse et calmer ses esprits.

En de tristes réduits où règne l'infortune,

L'hommé de bien y porte une aumône opportune.

Charitables humains, généreux souscripteurs,

Que les Dieux à jamais vous comblent de faveurs !

Vos empressés présens pour la classe indigente,

Laissent un souvenir d'une gloire éclatante.

Devant les champions des troubles du Midi

Tu ne fléchiras point, ô noble de Bondy !

Le refus de leur don venu de la frontière,

Nous montre à découvert une âme et forte et fière,

Et que dans tous les temps, pour l'honneur de Juillet,

Tu ne feras point voir de funeste régret :

Intègre magistrat, honneur à ta grande âme !
Qui, pour la Liberté, s'affermit et s'enflamme :
Jamais tu ne fus sourds aux cris des malheureux ;
Pour tes concitoyens sois toujours généreux :
Elle vient d'éclater ta vertu plébléïenne ;
Aime jusqu'à la mort la gloire parisienne :
Contre le Choléra nous voyons ton devoir
Pour nous sauver partout exercer son pouvoir :
Du peuple aime les droits avec persévérance,
Tu seras à jamais révéré de la France !
Honorables savans de notre Faculté,
Recevez les respects de la noble Cité !
Donnons à Dupuytrin la couronne civique,
A vous, jeunes docteurs, l'affection publique ;
Vos efforts, en ce jour, sont des titres d'honneur
Parmi les citoyens qui portent un bon cœur ;
Tous vos soins assidus, qu'en ces lieux on admire,
Portent déjà les fruits que votre art sait prescrire.
Les périls sont moins grands depuis l'invasion,
Mais nous voyons encor cette contagion ;

Après avoir frappé des familles entières,

Quand la reverrons-nous repasser nos frontières

Pour ne plus reparaître avec intensité,

Poursuivie en tous lieux par notre Liberté ?

Sommes-nous donc bien loin de cette époque heureuse ?

Ne reverrons-nous plus la France radieuse ?

Les enfans d'Esculape ayant toujours du cœur,

Sauront nous secourir partout avec honneur !

Serrez vos bataillons, redoublez vos conquêtes,

Après avoir vaincu, nous vous devrons des fêtes ;

Sur l'ennemi commun portez un coup savant,

Pour le frapper au cœur, armez-vous !... en avant !....

SEPT DISCOURS

PRONONCÉS

DANS LE PARLEMENT BRITANNIQUE,

PAR DIVERS MEMBRES DU MINISTÈRE ANGLAIS,

PENDANT LA SESSION DE 1825,

PRÉCÉDÉS

DU DISCOURS DE LA COURONNE, POUR L'OUVERTURE DE LA SESSION;

TRADUITS DE L'ANGLAIS.

1° Discours de M. CANNING, sur la Reconnaissance, par l'Angleterre, de l'Indépendance des Colonies espagnoles;

2° Discours de M. CANNING, relatif à l'Émancipation des Catholiques irlandais;

3° Discours de M. ROBINSON, sur le Budjet des Voies et Moyens;

4° Discours de M. HUSKISSON, sur la Réduction des Taxes;

5° Discours de M. PEEL, sur la Réforme des Lois et Statuts concernant le Jury;

6° Discours de M. HUSKISSON, sur la Réforme du Régime commercial et politique des Colonies;

7° Discours de M. HUSKISSON, sur la Réduction des Droits sur l'Importation et le Commerce extérieur.

PRIX : 2 fr.

PARIS.

CHEZ DELAFOREST, LIBRAIRE,

RUE DES FILLES-S.-THOMAS, N° 7;

ET CHEZ SAUTELET, LIBRAIRE, PLACE DE LA BOURSE.

MAI 1825.

IMPRIMERIE DE DAVID,
FAUBOURG POISSONNIÈRE, N° 1.